JN184070

句集

沖雲

兒玉充代

文學の森

序

兒玉充代さんが「運河」に入会されたのは平成二十二年五月のことだから、五年八か月の作品でもって、この句集は編まれている。常識的に言ってやや急ぎ過ぎの感があるが、それにはそれなりの理由がある。

この句集『沖雲』を上梓したいという手紙を充代さんからいただいたのは、昨夏七月のことである。充代さんのお父さんは俳誌「地平」の主宰・兒玉南草さんであったということは誰かに聞いて知っていたが、どうしてお父さんに作句の手ほどきを受けられなかったのか不思議であった。私は南草さんに一度お会いしているが、穏やかなお方だったと思い出す。交換誌として「地平」を戴いていたから、その急逝についても知っていた。充代さんに俳句を作ってほしかったお父さんは、それとなく作句を促しておられたらしい。しかし、活発で賑やかな方だったお母さんは、俳誌「地平」の会計、発送の仕事を一手に引き受けておられたが、パーキンソン病を患われて、その仕事が充代さんの肩にかかることになったという。お母さんの介護と「地平」の仕事と思うだけでも大変だったと私は頷く。

お父さんが前日までは元気で、いつもどおりに就寝し、翌朝には帰らぬ人となっておられたという。急逝される二日前に、「俳句を勉強してみないかね」と新刊の歳時記を充代さんに手渡されたらしいが、使用することもなかったと充代さんはいう。しかし、お父さんの急逝後は俳句を作らなかったことを申し訳なく思うことがずっと心を占めていたらしい。

今年の十二月二十四日にお父さんの十七回忌を迎えるにあたり、句集を上梓できたら大きな供養になると充代さんは思ったというが、その思いを私はしっかりと受け止めたいと思っている。

抱ける子の足ねむりゐる春の暮
濃きものに過ぎし月日と春の日と
夏めくや山青ければ遠ければ
かたつむり昔むかしの雨つれて
沖雲や浜昼顔は風の花
思ひきり水鉄砲の的にされ
青空の奥へ奥へと鰯雲
遠ざかる声も秋日の豆腐売

短日の遠山に日の移りけり

父の忌やその日のごとく雪の降り

さて、作句を始めて一年目の作品から佳句を抽出してみて、充代さんにはお父さんの血が脈打って流れているに違いないと感じた。

「長女の第一子（男児）」と詞書のある一句目、自分の子育ての時代にも思いを馳せながらの句だが、その感受は細やかである。そして、その事柄を受け止める季語の斡旋も作句初めとは到底思われない。父の俳誌「地平」と関わる仕事をしながら、俳句の持つ、特有の空気を身に感じておられたに違いない。そんなことがここにあげた佳作から感じ取れるのである。時間的なもの、距離的なものの把握に持って生まれたといってよい感性が鋭く働き出していることを見ている。

「濃きものに」「かたつむり」「父の忌や」の句は、時間的なものの把握に優れている。「夏めくや」「沖雲や」「青空の」「遠ざかる」「短日の」の句は距離的なものを詠んだ句だが、遠くのものに送る眼差しが柔らかである。
平成二十三年の句に目を送ってみよう。

稚の目に雲の流るる花辛夷
森醒ましゆく遠足のこゑごゑが
沖雲や飛魚（あご）の跳ぶ海まつたひら
玄界の沖雲うごく大南風
蟷螂の青まつさらに生まれ出づ
秋天の碧さに月日忘じをり
馬の目は人を拒まず秋の風

月今宵太古もきのふのごとくにて

常の山つねの青空冬に入る

鯛焼のあつあつ人に見せぬ顔

一句目の句は「長女の第二子（男児）」と詞書のある句だが、遠くのものに目を遣ることを、自らでなく稚の目に見ている。稚の目に映っていない「花辛夷」を配することで、流れゆく雲の白さまで見えて来る。季語をどう決定するか、授かった二人の孫を通して身に着けてきていることが窺える。「森醒ましゆく」の句の感受が新鮮なのは、朝の、眠っているような森にやって来た遠足の声々が森に生気を与えているように見ているところである。「沖雲や」「玄界の」の二句を始め、ここにあげた句の多くは、北九州市に住む「運河」の四人の仲間と毎月吟行し、十三句出句の句会を開いている中での所産だと見てよい。生まれ出たばかりの蟷螂の青さをまっさらと捉えた目、秋天の碧さに月日を忘じていると捉える感受の鋭さ、「常の山」と並列して「つねの青空」を捉え、「冬に入る」という季語を斡旋する技も吟行の中で身に着けたに違いない。「馬の目は」「月今宵」「鯛焼」の句を見ると、明らかに句材を広げて、詠みぶりを洗練させていることが分かる。

さてこの句集の表題を充代さんは『沖雲』と決めたのは、沖への、遠きもの、遥かなるものへの憧れからではないかと思っている。

平成二十四年、二十五年の作品を見てみよう。

どこからもどんど火の見え田の神よ
船すでに春のひかりに紛れゆく

春の雲遠出を誘ひゐるごとし
蛇穴を出て長身をもてあます
風はまだ朝のつめたさ桜散る
暮の春没り日の方へ潮流れ
稚生まるほのぼの枇杷に色くる頃
涼風や稚の足指十つぶにて
耳掻の鈴のちんちろ夜の秋
天狼の位置定まれるはろかかな
（以上平成二十四年）
魚屋は晴れも長靴水温む
春炬燵こころ時々遠にゆき
手を打てば稚も手を打つ桃の花

桜貝潮引きて海遠ざかる

夏めくや塔より長き塔の影

えごの花山はいちにち日を運び

童眸を輝かせ来る捕虫網

盆の僧生くる大義を言はれたる

屈強の鶏頭小突いてみたくなる

雲なきは言葉なきごと秋の空

（以上平成二十五年）

平成二十四年、二十五年の作品からそれぞれ佳作を十句ずつ選んでみた。これらの佳作を見れば、いかに努力して充代さんが作句の幅を広げ、作品を深めているかが判る。吟行に出て物を見る目を確かにしようと努めていることが伝わってくる。この二年間の作品についてはこちたきことを述べずに、「長女の第三子（女児）」と詞書のある、「稚生まる」「涼風や」の二句について書いてみたい。

　前句はずいぶんとゆとりを持ったよみぶりである。季語は枇杷だが、その枇杷を表現するのに「ほのぼの枇杷に色くる頃」とは心憎いばかりである。「涼風や」の句の季語の斡旋のよろしさに心動かされ、表現、ことに言葉の選び方、「足指十つぶにて」の新鮮さに目を見張っている。この二年間に大きく成長を遂げている。ことに平成二十四年の作品でもって兒玉充代さんは「運河賞」を受賞している。「運河」に入会して三年後に「運河賞」を受賞されたということは、これまでに例がない、最短距離での受賞である。

　平成二十六年、二十七年の作品に目を移してみたい。

初凪の船遠くゐて遠きまま
暮れぎはの木々のまだ見え日脚伸ぶ
薄氷水に戻れる直前の
草餅のつまみ笑窪の指かたち
神名に仮名を振りたり花の宮
島を出て島にゆく船夏の雲
夏風邪の子に桃色の水薬
縄跳びの下の砂減る秋旱
返事よき子に白桃の冷ゆるころ
冬雲の下急げども抜けられず
（以上平成二十六年）

はればれと松に年立つけしきかな
春夕べあかり灯してより応ふ
呼べば来る素直があはれ孕猫
うららかや子を抱く影も子を抱き
春の月雲のほころぶところより
幟色褪せ少年は変声期
かたちあるものは影持つ日の盛
土用波島には寄らぬ船ばかり
高句麗が変じて小倉青葉潮
秋簾巻けば遠山目の高さ
父の忌の雪母の忌の雪女郎
（以上平成二十七年）

句集を編もうとの思いの昂りの中で詠み継がれてきた佳作である。初期のころと比べると当然のこととはいえ、言葉も豊かになり調べも整い、格調も高くなってきている。
句集『沖雲』は俳人・兒玉南草の娘として、南草十七回忌を迎えるにあたって何よりの供養となる一本である。ここまでの充代さんの努力に南草さんも莞爾しておられるに違いない。

平成二十八年三月十日

茨木和生

句集　沖雲――――――目次

装丁　杉山葉子

句集 沖雲

おきぐも

かたつむり

平成二十二年

風花や村ほつほつと眠りの灯

春浅く水の冷えもつ空の色

花売りの山国ことば春遅々と

しまらくは風のかたちに春の雪

野遊や夕星ひとつ連れ帰る

軒といふやすけさにいまつばくらめ

長女の第一子（男児）

抱ける子の足ねむりゐる春の暮

濃きものに過ぎし月日と春の日と

どんたくの蹴出し鴇色舞ふ袖も
夏めくや山青ければ遠ければ

トロピカルフルーツ夏の来たりけり

笹山のうしろ笹山夏の空

山よりの風八方へ麦の秋

高くゆく雲呼びとめて棕櫚の花

かたつむり昔むかしの雨つれて

いまだ木の高さを知らず鴉の子

手の中の子の手小さし蛍の夜

俯きて蛍袋のうつむく色

さくらんぼ童ごころに夜が来て
さくらんぼ山の青さの定まれり

沖雲や浜昼顔は風の花

落し文てふ不思議さを手に貰ふ

何か言はねば夕虹の消えてゆく

夕虹のゆつくり消えてゆく遠さ

夕焼や遊び足りない子等の声
思ひきり水鉄砲の的にされ

砂利船の灼けゐたる砂荷揚げせり

おもて裏ある石の貌灼けはじむ

地下鉄が地下を抜け出て西日浴ぶ

秘密めくものにあまたの蟬の穴

かなかなのまこと世にゐるみじかさよ

つくつくし薪割り溜めし休み窯

新涼の城に松風吹きにけり

秋冷の山の音とは風の音

みほとけの常の半眼露葎

長き夜の言葉もやがてねむる頃

青空の奥へ奥へと鰯雲

単線の汽車は短し鰯雲

蟷螂の目のまみどりに吹かれゐる

流れゆく雲も輩吾亦紅

子に葡萄頒てり幸をわかつごと

穂芒に空の青くてならぬ日よ

露草や父在りし日の文机

遠ざかる声も秋日の豆腐売

いつもの山いつもの夕日秋深む

秋すでに深みつつある波頭

秋天の泉の青を手に掬ふ

秋風や文にきれいな切手貼り

秋茱萸の隠せぬ色となりにけり

さみしさをいちいち言はず椿の実

木の実落ち森はだんだんねむくなる

言はざりし言葉のごとく石榴落つ

紅葉かつ散りて齢はいそぎつつ
黄落の山越え来たる風の色

遠山の冬溜めてゐる雲の色

冬めくや椀に花麩を浮かせては

短日の遠山に日の移りけり

あかきあかき冬の没り日に汽車向かふ

太古よりいまの円かさ冬の月

風よりも風のごとくに冬鷗

生きゐたる海底思ひ海鼠嚙む

芙蓉枯れ風が見えなくなる夕べ

父の忌やその日のごとく雪の降り

父の忌のいつも雪降る夜となる

沖雲

平成二十三年

七草や木の香抜けたる木の杓文字

風花のその先に夜の来たりつつ

駆けて来る子の待春の靴の音

この雨にいくたび会へば春となる

産土の常陰も春めきにけり

白魚の透きたるいのち南無と食む

日が淡し木々は芽吹きの途上にて

雛鏡空を小さく映しをり

日溜りのたんぽぽ眠くなりにけり

夕風がまたたんぽぽの絮とばす

春光や船は遠くへ航くといふ
森醒ましゆく遠足のこゑごゑが

雨やみしあとの地にこゑ夕蛙

日暮来るおたまじやくしと遊びゐて

玉椿夕べの雨の落しもの
忘れたることはもどらず木の芽冷え

長女の第二子（男児）

稚の目に雲の流るる花辛夷

手枕に淡き夢あり初桜

山の神水の神坐す花の山

花吹雪手を振れば影よろこびぬ

さみしさにあらず落花を見るばかり
空晴れて高浪夏の来たりけり

65　沖　雲

どの家もいま夕風の青簾

谷川の水閃々と夏つばめ

沖雲や飛魚(あご)の跳ぶ海まつたひら

玄界の沖雲うごく大南風

草笛を吹けりきれいな葉を選び
草笛の終りは風となり消ゆる

逃げ惑ふ百足あまたの足つれて

ががんぼの死にて落ちゐる夜の畳

蟷螂の青まつさらに生まれ出づ

山国のかはたれどきを河鹿笛

朝の日に新樹の山を見る慣ひ
水分の神見そなはす植田かな

山暮れて空のこりたる半夏生

半身を海に投げ出しヨット馳す

夕焼は海の絶唱響灘

夕虹を仰ぎて旅の終りとす

合歓の花うしろの空の暮れ来たる

秋天の碧さに月日忘じをり

バス走り出し秋晴の船を抜く

馬の目は人を拒まず秋の風

盆僧の声金泥の般若経

赤蜻蛉山の夕日の大きくて

秋冷の山湖に立つ遠さ

鰯雲天の碧さは創世期

月今宵太古もきのふのごとくにて

宵闇の星の大粒小粒かな

虫の音のいつか遠のく眠りかな
糸芒風のささそひにのるらしく

はやばやと雲もおとろふ秋の暮

行く秋や家居して世に遅れしよ

しづけさにひとりゐたれば小鳥来る

日暮くる草の穂絮の漂ひに

旅の荷に加ふ瓢の実椿の実

やや寒し組みたる脚の置きどころ

常の山つねの青空冬に入る

一湾に飼はれゐるごと鴨の陣

火を焚いていささか濁る冬の空

コンサート終へ風花にバスを待つ

薄雲の上に雲ある鷹柱

掛大根遠き山より暮れはじめ

息白く波止場に歩き来たりけり

寒柝の音揃ひたる真くらがり

鯛焼のあつあつ人に見せぬ顔

子供らに子供のはなし笹子鳴く

雪蛍夕日にまぎれつつ消ゆる

クリスマスイヴは父の忌山遠く

涼風

平成二十四年

四日はや机の上の薄埃

人日の電車しづかに混み合へり

どこからもどんど火の見え田の神よ

寒昴木霊言霊ねむりゐて

待春の子の遊びたき靴の色

立春の杜の中なる保育園

早春の風のほのめく伽藍かな

早春のとりわけ山の朝景色

きのふけふ余寒居据る夜の畳

春の日のたまゆらに燃え没りにけり

船すでに春のひかりに紛れゆく

春光の眩しさにまだ慣れずゐる

うららかや埴輪は唄ふ口をして

子の傷に魔法のことば水温む

春の雲遠出を誘ひゐるごとし

あはあはと春月色を得つつあり

春霞濃き海峡にロシア船

つばくらの銜へゐるものまだ動き

蛇穴を出て長身をもてあます

蝶に生れ蛾に生れいのち透きゐたる

浅蜊汁砂食みあててしまひけり

山神は白を好めり花辛夷

散る桜見てさみしさは言はずおく
風はまだ朝のつめたさ桜散る

暮の春没り日の方へ潮流れ

街騒をはなれ卯波の航たのし

夏はじめ髪ひからせて子供らは
瞬きをしてめまとひをまた払ふ

村境なく麦秋の風の吹き

長女の第三子（女児）

稚生まるほのぼの枇杷に色くる頃

涼風や稚の足指十つぶにて

沐浴の稚新しき汗拭ひ

みどり児の母を見てゐる夜の秋

耳掻の鈴のちんちろ夜の秋

灯も涼し川上の家遠く見え

いま過ぎし風引き返す青芒

青柿の青いとけなき山の空

炎熱の日の傾きを待ちゐたる

捕虫網少年の日は早く過ぎ

裏山のみどり集まる金魚玉

蟬鳴くにまかせて文を書きゐたる

裏山の風の昏れゆくつくつくし

新米の白さいよいよかがやけり

祝歌のごとき彩雲今朝の秋

秋潮や離ればなれに島と島

秋彼岸端座の僧のしづかなる

神々の相撲とらるる放生会

子の声を犬の喜ぶ花野かな

子供らに夜長はじまる民話集

去ぬ燕塔の高さをすぐに越え

手に受くる無傷の桃のやはらかさ

秋麗の山なだらかに都府楼跡

そぞろ寒夜は近々と風の音

しづけさにひとつ音足す夜の添水

鳥渡り終へ青天をさみしくす

茱萸赤し山に日差のあるかぎり

思ひ出に色あればこの実紫
蕎麦の花どきに蝮の子の生まる

山ごとに在す神々紅葉濃し

冬暖か一にはじまる九九の声

花八手日向跳ぶ子の声きらきら

冬の鵙夕日褪せゆくばかりなる

冬青空遠嶺は雲を新たにす

粗衣まとふ人は見かけず街師走

夕兆しつつ北風のまたつのり

天狼の位置定まれるはろかかな

もう誰も見ぬ裸木となる並木

水温む

平成二十五年

今朝の春常のこころをもて迎ふ

読初のこころはじめの一頁

手締めしてどんどいよいよ始まれり

暁星の消えなんとして凍りけり

電話鳴る雪にこころの移るとき
早春の空折り返すブーメラン

鳥声の一途に山の春浅し

街道の春や昔のままの家

うららかや外に出て稚に空を見せ

手を打てば稚も手を打つ桃の花

暖かや滑り台より母呼ぶ声

たんぽぽの絮しばらくを目の高さ

魚屋は晴れも長靴水温む

春炬燵こころ時々遠にゆき

行く春や暮るるに間ある空の色
行く春の日暮の山のまだ見えて

瑠璃光を放つ暮春の鳩の首

根気よき受粉作業や春の雲

花冷えの朝日は山を移りつつ
夕影の定まるころの花の冷

桜貝潮引きて海遠ざかる

竹秋の風余りたる雑木林

とく咲いていたちぐさとは哀しき名

浜豌豆からりと雲のなき空に

夏めくや塔より長き塔の影

夏料理はやばや星の出揃ひて

眠れざる手を胸上に薄暑かな

草笛を吹く田仕事を終へて来て

熱の子の黙つて抱かる若葉寒

えごの花山はいちにち日を運び

死魚の目にうつうつと空走り梅雨

文机に銀粉火蛾を打ちたれば

ほうたるや川を距てて人住む灯
めまとひを払へばかくもちりぢりに

太陽の昇りきつたる暑さかな

大仕事成したるごとく汗しとど

遠国のごとき夕焼消ゆるなよ

夕涼となりゆく木々のそよぎかな

童眸を輝かせ来る捕虫網

落蟬のすでに光のなき双眸

すぐそこと言はれて遠し灸花

かなかなの声の先々まで夕日

盆の僧生くる大義を言はれたる
内減りの靴玄関に盆の客

雲迅き日やそこはかと秋立てり

秋の夜の小説こころふくらめり

音絶えて露けき夜の風の音

突堤の一文字長し秋の浪

どの家も人ゐて静か秋灯

燭台の金の剝落秋彼岸

山の日のゆきわたりたる蕎麦の花

湖に尽くるこの道草の花

屈強の鶏頭小突いてみたくなる

皂角子の風に音持つころとなり

雲なきは言葉なきごと秋の空

秋の風ゆつくり歩けば影もまた

柿熟れてだんだん空と色頒つ

山鳩のくるるくるると日短

立食ひの足見えてゐる冬の駅

鳥居より小石こぼるる神の留守

白息や雲より白くものを言ふ

反骨の力まだある枯蟷螂

冬雲

平成二十六年

鳥の鳴く木々に日のある大旦

正月や父母なきことに慣れて来て

どんどの火風にはみ出すひとところ

初凪の船遠くゐて遠きまま

初東風や舳先ときをり波に照り

小雪舞ふこともありたり久女の忌

春隣だぶだぶと波岸を打ち
暮れぎはの木々のまだ見え日脚伸ぶ

春寒く山の日差の逃げやすし

春寒や賽の目豆腐手に震へ

春の日の子らの多弁を愛すべし

料峭や船過ぐるたび水脈新た

薄氷に戻れる直前の

鳥曇城の名残りの山平ら

指揮棒を大きく使ふ卒業歌

磐座の威を近々と春の鳶

日が永くなる沿線の野の草も

母の声届くところに日永の子

遠足のむすび三角空青し

草餅のつまみ笑窪の指かたち

初蝶の紋舞ひ出でてあきらかに

神名に仮名を振りたり花の宮

桜咲く名のある山もなき山も

切株の芯のくれなゐ五月来る

有明の斉魚（えつ）の解禁夏来たる
うなゐ髪すこし切られて夏めきぬ

もの思ふときの頰杖若葉雨

肩車の父を誇りてこどもの日

母の日の仏に摺れる燐寸の香

色褪せぬ造花に倦みて暑に倦みて

雀らに今日の地べたの暑さかな

垣根過ぎゆく登校の夏帽子

悪女かも知れず飛ぶ火蛾叩き落し

夏草や人なつかしみ馬寄り来

昼顔や浜の足跡遠くまで

対岸のコンビナートの灯の涼し

炎昼の影とぼとぼと従へり

潮流の北指すひかり夏きざす

島を出て島にゆく船夏の雲

雲触れてゆく夏山の電波塔

厩舎にも大きな扇風機を据うる

夏風邪の子に桃色の水薬

うすうすと布目の残る冷奴

布袋草水におぼれて咲くものも

一湾の波白く立つ初嵐

秋晴の海遥かまで平らかに

釣銭の札が皺くちゃや秋旱

縄跳びの下の砂減る秋旱

秋澄みてもの音響きやすくなる

秋冷の埴輪小さき乳房持ち

街灯に霧の暈ある港街

夕月のそれも三日月山の端に

円すこし欠けて木の間に月出づる

返事よき子に白桃の冷ゆるころ

小鳥来てすぐに木蔭に紛れけり

秋麗手元に旅の案内図

子供らに冬の日向の短さよ

揚舟の櫂もろともに冬ざるる

冬の雨夜の鏡を閉ぢておく

冬雲の下急げども抜けられず

松どれも月日に馴染み神の留守

一日の余白の時間毛糸編む

かたはらの手炉ほのぬくき紙漉場

紙を漉く水の重さを掬ひあげ

冬服のゆるくなりたる釦穴

かいつぶりせんなく鳴いてまた潜り

城跡のあたりもつとも冬紅葉

父の忌

平成二十七年

はればれと松に年立つけしきかな

福笹の鯛風受けて泳ぎけり

神々の耳朶のゆたかさ福詣

小舟漕ぎゆく初凪の沖の雲

家々に灯の点くまでの寒茜

寒雀土にまぎれて土の色

春夕べあかり灯してより応ふ

ただ寒き如月の町朱鳥の忌

春寒の蕎麦ばらばらと湯に捌く

茹で卵剝けば半熟春遅々と

視野遮るものなき春の日本海

春疾風いま満潮の日本海

川幅に潮満ちたる白魚漁

呼べば来る素直があはれ孕猫

うららかや子を抱く影も子を抱き

白梅や風が消しゆく日のぬくみ

対岸の山模糊として春の雪

つばくらめ沖へ沖へと雲うすれ

菊根分してゐる老の地獄耳

春尽くや遠山星をいただきて

春宵の花眼に点す卓上灯

春の月雲のほころぶところより

花嫁に泪ゆるされ風光る
春の波灯台ひかりもて応ふ

ほかに音なし囀のやみたれば
しゃぼん玉消ゆる刹那の青き空

幟色褪せ少年は変声期

豊前より豊後につづく麦畑

鳴く鳥の声のしたしさ梅雨晴間

大巌に波の秀崩る青嵐

人稀に通る細道瑠璃蜥蜴

嗅覚の鋭き犬に栗の花

合歓の花すこし坂なす海の町

かたちあるものは影持つ日の盛

鉄塊をオブジェといへり油照

朝風の草吹き分くる涼しさよ

湯浴み子の臍がすこやか夏夕べ

足で足洗ふ少年夏旺ん

青葉潮渚づたひをバス走り

高句麗が変じて小倉青葉潮

土用波島には寄らぬ船ばかり

雲の峰街一望の丘に立ち

天金の埃曝書をして払ふ
どこからも見られ金魚の落ち着かず

流れ星まこと短き詩なりけり

桐一葉風の荒さを見せにけり

波二段三段秋の響灘

油絵の剥落すすむ秋旱

秋冷の夜気に触れたる草木かな

誰か行く無月の路地を足早に

秋簾巻けば遠山目の高さ

平穏な村の案山子の審査会

引潮に突兀の岩鳥渡る

子別れの鴉の声をはや覚え

青蜜柑酸つぱし妣の小言ほど

冬山に山彦かへるすべもなし

枯木立夕日失ひつつありぬ

よりどころなく枯蔓のまた吹かれ

父の忌の雪母の忌の雪女郎

句集　沖雲　畢

あとがき

　平成二十八年十二月二十四日、父・南草の十七回忌の日を迎えます。供養のひとつにと思い、稚拙ながら句集を上梓することといたしました。

　父には、何度かそれとなく俳句をすることを勧められていましたが、難病の母の世話、父の結社の事務一般、また自分の勤めもあり、そのことを考える余裕も体力もありませんでした。

父が急逝する二日前に、父から新刊の歳時記を渡されていました。あとから思えば、「俳句をやってみないかね」という最後の気持ちだったように思います。それを実際に開いてみたのは、母を看取り、私も退職して時間の余裕ができてからでした。その歳時記の巻末の編纂委員に茨木和生先生のお名前を見つけ、何かに導かれるように、早速「運河」入会のお願いをいたしました。

大変遅い出発でしたが、入会以来、茨木先生には遠方ながら懇切丁寧なご指導をいただいております。

私が生まれたのは工業地帯として発展してきた北九州市八幡東区で、当時は公害の著しい街でした。九歳のとき、郊外のこの地に移り自然豊かな所で生活しているうちに、腺病質、虚弱体質だった私も健康を取り戻しました。以来この地で通学、通勤し、娘を育て、父母を見送りました。

俳句は言葉の芸術であり、心の文学でもあります。消え去ってゆく時間の一日一日の自分を十七文字に復活出来ればいいと思っております。これからは俳句を生活の軸として、平凡の中に非凡を発見し、心のひろがるような俳句を作っていきたいと思っております。

句集出版に際しましては、ご多忙な茨木先生に選句の労までお引き受けいただき、その上身にあまる序文を賜りましたことを心より感謝申し上げます。句友の皆様、お世話いただきました「文學の森」の皆様方に厚くお礼申し上げます。

平成二十八年　初夏の一日

兒玉充代

著者略歴

兒玉充代（こだま・みつよ）

昭和24年５月26日　福岡県北九州市に生まれる
平成22年５月　「運河」入会
平成25年１月　「運河賞」受賞
　　　　　　　「運河」浮標集同人
平成28年４月　俳人協会会員

現住所　〒807-0845
　　　　北九州市八幡西区永犬丸南町1-6-20

句集　沖雲　おきぐも

発　行　平成二十八年九月一日
著　者　兒玉充代
発行者　大山基利
発行所　株式会社　文學の森
〒一六九-〇〇七五
東京都新宿区高田馬場二-一-二　田島ビル八階
tel 03-5292-9188　fax 03-5292-9199
e-mail mori@bungak.com
ホームページ http://www.bungak.com
印刷・製本　潮　貞男

ISBN978-4-86438-552-7 C0092